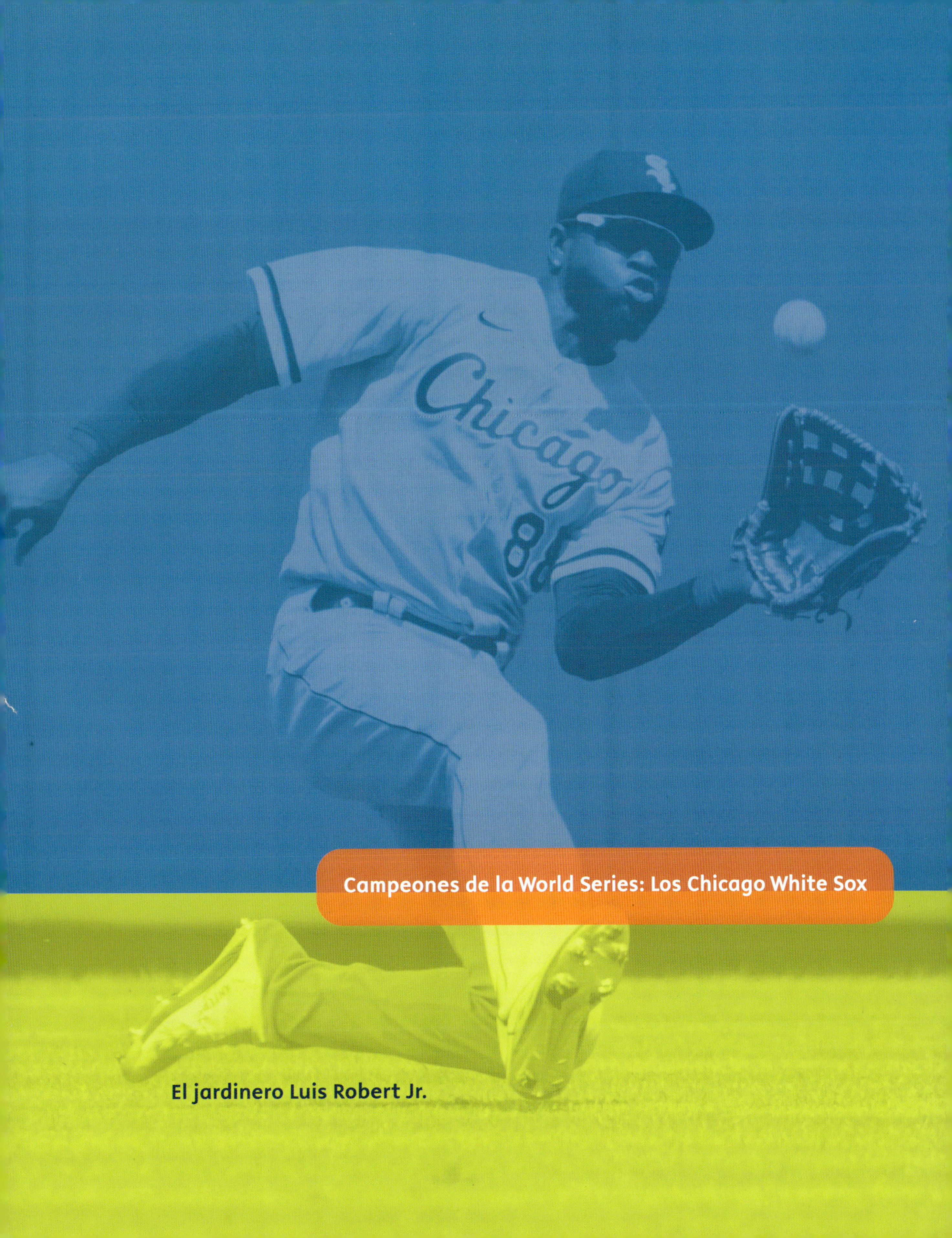

El jardinero Luis Robert Jr.

El primera base José Abreu

CAMPEONES DE LA WORLD SERIES

LOS CHICAGO WHITE SOX

MEGAN COOLEY PETERSON

CREATIVE EDUCATION/CREATIVE PAPERBACKS

Publicado por Creative Education y Creative Paperbacks
P.O. Box 227, Mankato, Minnesota 56002
Creative Education y Creative Paperbacks son marcas editoriales de The Creative Company
www.thecreativecompany.us

Dirección de arte por Tom Morgan
Diseño y producción por Ciara Beitlich
Editado por Joe Tischler

Fotografías por Alamy (Reuters/Shaun Best), AP Images (Julio Cortez), Getty (Chicago History Museum, Jonathan Daniel, Brace Hemmelgarn, National Baseball Hall of Fame, Michael Reaves, Matthew Stockman, Trancendental Graphics, Ron Vesely, Ed Zurga), Library of Congress, Shutterstock (Sean Pavone)

Library of Congress Cataloging-in-Publication Data
Names: Peterson, Megan Cooley, author.
Title: Los Chicago White Sox / [by Megan Cooley Peterson].
Description: [Mankato, Minnesota] : [Creative Education and Creative Paperbacks], [2024] | Series: Creative sports. Campeones de la World Series | Includes index. | Audience: Ages 7-10 years | Audience: Grades 2-3 | Summary: "Elementary-level text and engaging sports photos highlight the Chicago White Sox's MLB World Series wins and losses, plus sensational players associated with the professional baseball team such as Paul Konerko"-- Provided by publisher.
Identifiers: LCCN 2023015574 (print) | LCCN 2023015575 (ebook) | ISBN 9781640269408 (library binding) | ISBN 9781682774908 (paperback) | ISBN 9781640269644 (ebook)
Subjects: LCSH: Chicago White Sox (Baseball team)--History--Juvenile literature. | Comiskey Park (Chicago, Ill.)--History--Juvenile literature. | World Series (Baseball)--History--Juvenile literature. | American League of Professional Baseball Clubs--Juvenile literature. | Major League Baseball (Organization)--History--Juvenile literature. | Baseball--Illinois--Chicago--History--Juvenile literature.
Classification: LCC GV875.C58 P4718 2024 (print) | LCC GV875.C58 (ebook) | DDC 796.357/640977311--dc23/eng/20230411

Impreso en China

Campeones de la World Series de 2005

El catcher A. J. Pierzynski

CONTENIDO

El hogar de los White Sox

Chicago, Illinois, es una ciudad grande a la orilla del Lake Michigan. La ciudad es el hogar del equipo de béisbol los Chicago White Sox. Los aficionados los animan en un **estadio** llamado Guaranteed Rate Field.

Los White Sox son un equipo de béisbol de la Major League Baseball (MLB). Juegan en la División Central de la American League (AL). Sus **rivales** son los Minnesota Twins y los Chicago Cubs. Todos los equipos de la MLB intentan ganar la World Series para convertirse en campeones.

El lanzador Ed Walsh

Nombrando a los White Sox

Los Chicago White Sox fueron conocideos primero como los White Stockings. El nombre provino de los calcetines blancos de los jugadores. Los periódicos tuvieron dificultades para incluirlo en los titulares. El equipo decidió acortar el nombre en 1904. Se convirtieron en los White Sox. Los aficionados a menudo llaman al equipo los "Sox."

El lanzador Doc White

Historia de los White Sox

La AL se formó en 1901. Los White Sox ganaron el primer **banderín** de la liga ese año. Se enfrentaron a los Chicago Cubs en la World Series de 1906. Los Cubs llevaban 116 victorias constantes esa temporada. La mayoría de la gente esperaba que ganaran. Pero los lanzadores Nick Altrock y Doc White mantuvieron a los Sox en la serie. ¡Vencieron a los Cubs en seis juegos y se convertieron en campeones!

Los White Sox regresaron a la World Series en 1917. Vencieron a los New York Giants, 4 juegos a 2. En 1919, perdieron la serie ante los Cincinnati Reds.

Después de la derrota, el equipo cayó en un **slump** que duró 40 años. El segunda base Nellie Fox ayudó al equipo a llegar a la World Series de 1959. Pero los Sox perdieron. El jardinero de fuerte bateo Harold Baines ayudó al equipo a llegar a las **eliminatorias** en 1983.

El jardinero Harold Baines

El primera base Paul Konerko

En 2000, la suerte de los White Sox cambió. Comenzaron a ganar más juegos. El primera base Paul Konerko llevó al equipo a la World Series de 2005. Jugaron contra los Houston Astros. ¡Los Sox ganaron la serie en cuatro juegos consecutivos!

Otras estrellas de los White Sox

Muchas estrellas han jugado para el club. Fielder Jones dirigió a los White Sox durante las primeras temporadas del equipo. También jugó como jardinero central. Ayudó a los Sox a llegar a la World Series de 1906. El equipo del campeonato de 1917 fue liderado por el jardinero "Shoeless" Joe Jackson.

El jardinero "Shoeless" Joe Jackson

El primera base Frank Thomas

Los White Sox han tenido a muchos bateadores poderosos. El primera base Frank Thomas jugó 16 temporadas en Chicago. Él hizo 448 jonrones para los Sox. José Abreu fue nombrado el jugador más valioso de la AL de 2020. Llevó a los Sox a su primera aparición en las eliminatorias en 12 años. El lanzador Dylan Cease y el jardinero Luis Robert Jr. esperan seguir logrando victorias. ¿Estará a la vuelta de la esquina otro título de la World Series? ¡Eso esperan los aficionados!

Sobre los White Sox

Comenzaron a jugar en: 1901

Liga/división: Liga Americana, División Central

Colores del equipo: negro, plateado y blanco

Estadio local: Guaranteed Rate Field

CAMPEONATOS DE LA WORLD SERIES:

1906, 4 juegos a 2,
venciendo a los Chicago Cubs

1917, 4 juegos a 2,
venciendo a los New York Giants

2005, 4 juegos a 0,
venciendo a los Houston Astros

Sitio web de los Chicago White Sox:
www.mlb.com/whitesox

Glosario

banderín: un campeonato de una liga; un equipo que gana un banderín juega en la World Series

eliminatorias: partidos que juegan los mejores equipos después de una temporada para ver quién será el campeón

estadio: un edificio con niveles de asientos para los espectadores

rival: un equipo que juega muy duro contra otro equipo

slump: un período de tiempo en el que un equipo pierde más partidos de los que gana

El lanzador Dylan Cease

Índice